내 마음의 빗질

김홍주 시집

내 마음의 빗질

달아실기획시집
19

달아실

일러두기

1. 본문에서 하단의)는 '단락 공백 기호'로 다음 쪽에서 한 연이 새로 시작
   한다는 표시임.
2. 보조 용언과 합성 명사의 띄어쓰기 등 본문의 맞춤법은 시인의 의도에
   따른 것임.

시인의 말

시집을 준비한다고 했더니
아주 난리다.
세쌍둥이 딸을 한날한시에 보내느냐는 등
문자 폭탄이다.

그래서
"다섯 번째 시집을 묶는다"고 했더니
조용하다.

아무런 반응이 없다.

2021년 12월

김홍주

차례

내 마음의 빗질

1부

타밀나두* '마살라 도사'**

얇게 핀 둥근 꽃방석
기름이 끈적이는 눈물 같다
식탁을 가득 덮고도 넘칠 만큼
그 너그러움

서두를 필요 없이
천천히 기다리고
조금씩 먹고도 남기는
그 여유

내 갈급 증상은 날 숨 막히게 하고
팬에 얇게 구운 도사 위에
일그러진 얼굴 구워진다

당신들의 눈물이 튕겨 오르고
내 오만이 타는 것이다

* 인도 남부의 주 명칭.
** 인도의 음식.

14

'로띠'의 추억

처음엔 공갈빵 생각,
만지면 툭 터질 것 같은 공허함
먼저 손대지 못하고 한참 바라보다
장날 시장 어귀 가냘픈 쌀과자 한 닢 떠오른다

달달한 '달'* 양념
살짝 입에 물고
상이한 이국의 향내
입가에 퍼지는 엄마 얼굴

병아리콩과 커리를 안쪽에 밀어 넣고
둘둘 말아 한 움큼 건넨다

눈이 커 흰자위가 맑은 인도 친구 입가엔
미소 머물고
턱 밑 가득한 수염을 쓱 밀고
입을 크게 벌린다

인도에 조선의 식감 살아 있다

* 인도의 단맛 대표 음식.

인도 난*, 빈대떡

녹두를 맷돌에 갈아 바삭하게 부치는
엄마 투박한 손동작을
남인도 바이작 난장에서 만났다

그 손놀림은 운율을 타고 있었다
기름 타는 리듬은
오선지 위를 오르내리고
둥근 난은 튀듯 뛰어올라
제자리에서 숨죽인다

한 곡 끝나고
2막.

어릴 적 빈대떡이다
껍질을 벗겨 맷돌에 갈며 울렁이는 이 선율
시장기도 같이 돌고
긴 사리 소매 끝이 눈앞에서
어지러이 일렁인다
〉

어슷어슷 썰은 매콤한 야채 다듬는 눈가에
조선의 눈물 보인다

* 인도의 음식.

구자랏에서의 아침 '탈리'

밤새 침대 버스로 열세 시간을 달렸다
비포장도로 옆 계곡으로 끝없이 추락하는
선잠 꿈에서 깨어났다

인도 내륙 아우랑가바드에서
서쪽 끝 구자랏으로 가로지른 것이다
여행자의 고단한 몸은 탈리를 주문한다

화려하고 다양한 먹거리
풍미를 자극하는 식감
종류별로 라이스 짜파티 난 로띠 등이
마치 모둠회처럼 유혹한다

주린 배는 먹어도 채워지지 않고
다음 행선지의 미로처럼 숨겨
갈증을 더해간다

그래도 아침 '탈리'의 기억은 새롭다
그 많은 이름의 음식들이

내 안에서
형용키 어려운 배고픔의 길로
인도를 인도하고 있다

바라나시 가트에서

그곳으로 가고 싶다

그곳에서 느린 인도 카탁 춤 추고 싶다.

긴 침묵이 생존하고
흐름이 잠시 멈춰
나를 둘러보는 곳

나를 태우고도
다시 나를 찾는 곳에서
당신을 만나고 싶다

고백하고 싶다

뿌자를 태우는 연기 속으로
허상의 세계로 떠나는 지난한 영혼을 위해
긴 기도를 하고 싶다

삶의 언저리에서 기웃거리는 삶을

온전히 당신을 위해 태워
사랑의 불 밝히고 싶다
당신의 신들메로 나를 묶고

그대 곁에서
당신으로 다시 태어나고 싶다

인도 51
— 나마스테

노인은 귀에 분홍 꽃을 꽂고
소리 없이 웃었다

발가락은 해지고 뒤엉킨
여섯 개의 발톱

걸음에 도로가 패이고 꺼져
이지러지는 마을 공회당 앞 공터

"나마스테"

언어의 벽 무너지고
내면의 향 피어난다

그 여운 자꾸 되살아나
다시 불러보고 싶은 말

"나마스테"
〉

"나의 신이 당신의 신에게
안부를 전합니다"

인도 52
— 갠지스 강 옥탑방에서

강가*에
긴 연기 피어난다

인생의 마지막 남은 물욕
드높은 장작
고인은 한 줌 재가 되고
나룻배 위에서 갠지스강에 흩뿌린다

이름도 태워지고
시간도 흩어진다

사공은 노를 저어
강물에 기억을 묻고
매캐한 연기와 함께
내 안에서 꿈틀거리는 그 영혼.

강 건너 배가 줄지어 순서를 기다리고
석양은 붉게 물든다
〉

24

가트에서 떠밀려오는 검은 덩어리
못다 핀 꽃 한 송이
어린 아기가 떠밀려오고 있다

* 갠지스강을 힌디어로 강가(Ganga)라고 부른다.

인도 53
— 만트라*

뜻이 있는 곳에 소리가 있습니다
소리 안에는 울림이 있고
기다림이 있습니다

티벳 동굴에서 만난 동갑내기 노승은
60년 동안 나를 기다렸다 했고
동굴에서 떨어지는 물방울이 우주이고
잠시 스치는 별자리 읽으며
내 발자국을 들었다고 했습니다

잃은 것은 다시 돌아온다고 했고
바람 소리는 우주의 문턱이라는 설법

내 그릇에는 휑한 바람만 이는데
노승의 빈자리에는
숨 막히는 정적이
내 호흡을 움켜쥐고 있었습니다

* 진리의 말.

인도 54
— 샨티

내 몸은 악기입니다

코로 들어가는 신성한 바람은
심장을 조율하고
그 기운은 내 입술을 부드럽게 움직입니다

맑은 가슴은 청아한 소리를 내고
서툰 지식은 거친 음으로
가슴 옥죄이고
불결한 생각으로 온몸 휘저어
검은 그림자를 드리웁니다

길게 호흡 가다듬고
천천히 무념으로
되뇌고 또 되뇌고
샨티.

평화는 내 몸의 음계입니다
선율입니다

아그라 타지마할

자무나 강에 비친
뭄타즈 마할의 그림자가 흔들리고 있다
순백의 그림자는 숨죽여 노래 부르고
샤자한의 낮은 소리 스며든다

그만큼 사랑할 수 있을까

나는
죽을 만큼 사랑할 수 있을까

사랑하다 죽을 수 있을까

탄두르 치킨

인도 뒷골목 난전에서
탄두르*에 구워 커리를 발라
게걸스레 먹어치운 당신의 시장기에
포만감 흐를 때

골목 발치에서
당신의 입술을 뚫어지라 바라보는 시선

어린 남매 입가에
침 고이고
눈빛 마르고 있다

허기는 허기를 부르고
생존의 낯빛 퇴색되는

당신이 먹는 것은
당신이다

* 탄두르: 인도 화덕.

2부

의암 봉황대에 서서

저문 강에 진달래 꽃잎 떨어지네
그 물결 흐느끼듯 밀려와
내 심장 격동케 하네

누구를 위한 봉황이었을까
틈새를 비집고 핀 절규의 생명은
벽화 속으로 봉황 날아드네

당신의 삶을 채색하고
이끼로 분칠하고
세월의 흐름을 한 폭에 담아
빼곡하게 그려낸 봉황대의 천년 석벽

지워진 역사의 기억에 물결 차오르고
일렁이는 물결마다 곡조는 노래가 되네

아직도 그대의 눈빛 선연히 살아나
강물 위에 꽃 뿌리네

유월, 이 길 함께 걷고 싶네

의암호의 석양

불타오르는 석양 속으로 새 날아오네

새는 붉은 화폭 속에 잠겼다가
한참 후, 내 기억을 물고 솟아오르네

나는 새 눈빛을 따라
추억 위를 날고
새는 잊어버린 내 기억을 물고 돌아오네

새 부리에 물고 온 붉은 꽃잎 한 점.

나는, 붉은 노을 속으로 배 저어 가네

접시꽃 春川

바람 불어오는 곳으로 눈 맞추면
무너질 듯 접시꽃 몸 흔들고
길게 누운 도시 위에
구름처럼 꽃잎 떠 있네

봉의산 밑 흰 건물에는 둘째 딸 일을 하고
언덕 아래 학교에서 아내가 퇴직을 했지
내가 매일 출퇴근하는 가로수 길은
길게 도시를 가르고
도시 중심 삼킨 광활한 미군부대 빈 터

저 멀리 아득한 숲 사이로 안개 피어나고
그래도 농부들은 땅을 파고
시인은 시를 쓰고
화가는 색을 입히지

한눈에 보이는 도시 위로
기러기 한 떼 날고
부지런히 움직이는 春川 사람들
〉

접시꽃은 춤추고
도시는 꿈꾸고 있네.

푼푼* 春川

약속 없이 걷는 춘천 길은 아늑하다
손 내밀면 그 위에 쏟아지는 금빛 잎새들
내면의 사연들이 가지에 달려
한꺼번에 도로에 떨어지고
그리운 사람 손잡고 걷는 골목길은
황금길로 채색된다

정다운 이야기가 찻집마다 피어나고
짙은 커피 향과 음악이
북적이는 골목 계단을 오르는 오후
어깨가 부딪쳐도 건반 두드리듯
아름다운 만큼 슬픈 원형이
거리에 빼곡하다

청춘열차는 젊음을 배달하고
누구나 친구가 되는
가로수 길 걸으면
이내 웃음꽃 피어
배낭을 연다
〉

가득 담아도 늘 푼푼한

春川.

* 푼푼: 넉넉하다.

촉촉한 春川

바람에도 습기 묻는 도시에
나무 숲 하늘은 항시
젖어 있지만,

그 공간에 둥지 튼 사람들은
안개에 익숙해
그 안에서 사랑을 한다

미움도 젖으면 그리움 되고
고통 절망 증오도
춘천에 오면 파란 새순으로 되살아나
사랑도 젖으면 안개가 된다

흑백사진 속에서 다시 떠오르는
청춘으로의 그대

촉촉한 春川.

공지천 낚시

십 대에 던진 낚싯대를
환갑 넘겨 당겼더니
세월의 그림자 버둥거리고
시간은 비늘처럼 벗겨져
비릿한 냄새 골목 가득하다

카바이트 물에 풀어 칸델라 불 비추고
설레이던 청춘
응시하던 야광찌

물안개 사이 입질 기다리다
평생 바라보던 물에 젖은 도시
春川.

春川이라는 곳간

춘천에 가면 묶어둔 시간이 있다

비밀의 곳간
큰 나무 구멍에 고리를 끼워
고정하는 굵은 빗장

그 문을 열면
젊은 날 초상 눈부셔
청춘의 방황 가득하다

전면에 그려지는 그림의 여백은
절반을 넘어 귀퉁이에 조금 남아 있고
물 스밀 듯
조금씩 채색되고 있다

화관을 쓴 여인과 세 송이 붉은 꽃
휘어진 기찻길 옆 낡은 목조 단층집에
연기 피어오르고
창가 불빛 새어 나오는 그림 위로

그리움 배달하는 부리 큰 새 한 마리
꽃을 물고 있다

春川 곳간 앞에 서면
일렁이며 되살아나는 그대

삶에 힘겨워 쓰러져 갈 때
입술 대면
화사하게 피어나
나이만큼 더 깊어지는
다시 만날 수 있는 이야기 속의 그대.

꽃보다 春川

어두워 더 빛나는 얼굴
강에 비친 밤 풍경은
삶의 고통에 손짓하며
귀 기울인다

그 언제 적 코스모스 가득 핀 둑방 길
흑백사진 속에는
언어조차 부족한 사연 남아 있어
스치듯 바람 불어오고 있다

春川은 언제나 청춘이다

가로등 아래 수많은 눈물 자국
읽을 수 없는 바랜 낱말들이
계단에 빼곡하게 적혀 있다

누군가는 여기에서 꽃을 전하고
이별의 고통에 가슴 여밀 때
〉

묵묵히 꽃길 여는 도시
내 삶의 공동체
春川.

카페 에디오피아 벳*

낡은 함석 세모 지붕은
흔들려도 아름답다

계단 못은 그 자리에서
행인의 발자국 무게를 견디기 위해
얼마나 무거운 삶 살아냈을까

난간은 세월보다 더 바랜
무채색 나이테

오래된 식탁과 묵은 커피잔
하일레 셀라시 황제도 사라지고
깊은 풍미 느껴지는 커피 향
그윽하다 못해 잔인하다

그 벳은 아직 이국의 혼령 살아 있어
진한 커피를 볶아내고 있다

* 벳: 에티오피아 말로 집이란 뜻.

3부

십자가

종소리는 구시대 유물처럼
첨탑 위에 갇혀 있고
녹슨 십자가에서
붉은 눈물 뚝 뚝 떨어지네

세월은 인간이 잠재운 또 하나의 공간
긴 회상의 그림자는 무게만큼
쓰러질 듯 버티고 서 있는 언덕에
바람이 이네

참으로 오랜만에 시린 종소리 들리네

종소리에 떨며 조금씩 움직이는 십자가

그 아래에서 무릎 꿇은 여인은
소리 듣지 못하네

그 소리 듣지 못하네

새벽기도

나에겐 복을 주지 마옵소서

안개 낀 도시 새벽 창 붉은빛을 보면서
느끼하고 추한 생각이 먼저 떠오르는 새벽,

나에겐 복을 주지 마옵소서

젊은 남녀가 이슬을 맞고 걸어가는 장면을
노동 후 귀가 길이나
낭만 혹은 외로움이 아닌
더 음험한 생각 떠오르는,

나에겐 복을 주지 마옵소서

노인이 리어카를 세워두고 모퉁이에서
찌든 꽁초를 태우고 있는 순간,
눈 맞추기를 거부하는
긍휼 사라진 나에게

아,
나에겐 복 주지 마옵소서

마을 이름

자신이 특별하다 생각하는 사람은
이 마을에 없습니다
남에게 대접받길 원하는 사람은
입주를 불허합니다
이웃을 눈 아래로 내리까는 자는
다시 신발 끈을 매세요

세상의 경계선에서 눈치 살피거나
유익의 길에서 머뭇거리는 사람은
우리 모두의 눈길로
문패를 떼겠습니다

냉전의 길목에서 선한 이들의 숨통 조여
자신의 영역을 넓히고
바벨탑 쌓을 사람은
당신의 왕국으로 돌아가십시오

여기, 우리 가장 낮은 사람들이 모여
서로의 삶을 보듬고
평등을 위하여

존귀함의 보편성을 위해
아픈 이들 치유를 위해 모인

거룩한 사랑의 성터
혹한의 겨울 이겨낸
봄볕 가득한 사랑의 언덕입니다

곧 아지랑이 나풀거리고
종달새 지저귀는 이 들길 벗 삼아
씨 뿌리고 나무를 심어
통나무 오두막집을 지을 것입니다

고뇌와 슬픔, 눈물이 거름 되어
훗날 이 터전에 우리들의 노래는 열매로 익어
그대 앞에 빈자리 차고 넘쳐
노을 향기 가득한 마을 만들겠습니다

이름을 지어주세요

마을 이름은 그대 몫입니다

사명 1
— 필리핀 '일로일로'를 향하여

세쌍둥이 중 둘째.
1.4kg 체중은 배꼽 무게조차 감당 못 할 듯
가녀린 울음소리는 바람 속으로 묻혀갔습니다

갸우뚱 걸음도 늦고
'아빠'라는 언어가 아가 입에서 처음 나올 때
하늘은 또 다른 하늘을 만들고 있었습니다

칠 년의 기도 끝에 당신은,
아내의 몸을 통하여 큰 역사를 계획하셨습니다

간호학과 졸업 후
병원 취업도 마다하고
꽃 같은 젊음의 가장 귀한 절정의 때.
인생의 십일조를 당신을 위해 드리겠다는
둘째 딸,

짐 싸는 딸 등을 바라보며

'나는 심었고 아볼로는 물을 주었으되
오직 하나님께서 자라나게 하셨나니'

딸 주인은 당신입니다
아내 몸을 빌려 당신은,
이미 이천 년 전 계획하셨고
그 일 행하는 큰 뜻 앞에서
'순종이 제사보다 낫다'는 말씀이
움직이고 있습니다

내 껍데기가 벗겨지고
순종의 물결이 울렁이고 있습니다

딸은, 스물 셋입니다

사명 2
— 북해도 선교를 다녀와서

홋카이도 아름다운 평원에는
꽃 피었으나
향기 없고

인생 즐비했으나
영혼 메마르고
그림자조차 침울하다

모든 것 다 가진 듯했으나
가장 중요한 것은 비어 있고
공허한 비늘들이
거리를 활보하고 있다

윤기 사라진 생명은 자본에 길들여
제국의 틀에 줄 맞춰
우상을 향해 가지런한 얼굴들

그 땅에 복음의 씨 심고

그 터에 생명 일으켜
그 언어로 민족 거듭나길

마주치는 웃음 속 깊이
당신의 영혼으로 거듭나는 날,

예언과 환상과 꿈이
모든 백성에게 임하기를

마지막 날
마지막 날에.

사명 3
— 인도는 살아 있다

정글을 헤집고 열여섯 시간 걸어
예배에 참석한 산족 부부에게
무슨 말씀 선포할까

문드러진 발톱에 당신 눈물 배어 있고
맨발로 걸어온 그 길에 꽃향기 가득하여라

딸을 안고
아들을 업고
말씀에 사무쳐 한 줄 한 줄 읽어가는
그대 눈 사위 눈물 가득하다

돌아갈 그대 발등상에
별빛 가득하리

그 집 문설주
양의 피 마르지 아니하리.

사명 4
— 홋카이도 선교지에서

길손에게 다가서 말 걸 때
늘 당신에게 묻습니다

"당신은 예비된 영혼입니까?"

외면하고 돌아서는 이
눈 흘기며 가엾게 바라보는 이
애닯게도 처량하게 쳐다보는 이
못 본 척 걸어가는 이

그러나 당신을 오랫동안 기다린
영혼이 있었습니다

눈물 흘리며 영접하는 이

이제야 큰 뜻 알게 되었다고
고개 끄덕이며 손잡는 따스함에
당신은 참으로 오랫동안 기다렸습니다
〉

한 명.

또 한 명.

천하보다 귀한 당신의 군사입니다

후라노 라벤더 꽃밭보다

더 아름다운 당신의

사랑입니다

사명 5
— 선교대원 이 君

고교 이 학년,
방학 때도 보충수업 벽은 높고
빠지면 왕따 되는 교실

친구들은 수업 후 학원, 과외로
잠도 못 자고 다람쥐처럼 바쁘게 돌지만
이 君은 매주 토요일 선교훈련을 받지요

이 君은 더 중요한 것이 무엇인지
때를 알고 있습니다

선교 후유증으로 발병한 대상포진
수포가 터지고
고통이 극에 달하여도
이 君은 잠시 고난이라며
추위를 이긴 꽃은 더 붉게 핀다고
어른들을 위로합니다
〉

학교는 세월호처럼 가라앉고
기다리라는 외침만 남긴 채
아이들은 오직 당신께 맡겨졌습니다

꿈은 등위가 없습니다
꿈은 과외도 학원도 필요 없습니다
꿈은 당신의 영역입니다

꿈은 당신의 손길이며
사랑입니다

13월의 금요일

폭설의 그림자가 다가오는 아침
비밀 같은 비밀이 창가에 얼룩 남기고
환상 속으로 편지를 보낸다

안개라도 흠뻑 뒤집고픈 욕망이
문 두드리고

일탈의 시간 속으로 송두리째 빠져
슬픔이 밥이 되고
외로움이 삶이 되는
내 속의 시간

자유인의 영혼.

사랑한다는 말

마침내 다시 사랑이었습니다

첫 만남의 설레임도
바라보는 것만으로도 울렁이는 그때
손끝만 스쳐도
심장 멈출 것 같았던 그날
청년은 맑은 눈빛으로 웃어주었습니다

삼십사 년의 동행은
미동 없이 잔잔했지만
그 물속, 당신의 물갈퀴는
쉼 없이 혼신의 힘으로
부력을 만들어 세우고 있었습니다

온몸으로 기름을 만들고
부리에 양식을 물어 아이를 키우고
가시나무 새가 되었습니다

새벽 눈물과 기도

무릎과 오랜 기다림
갈라지는 듯한 심장의 고통

다시 날개를 펴 그리움을 엮어
둥지를 만들고
내 깃털로 당신의 보금자리를
만들고 싶습니다

마침내 다시 사랑이었습니다.

4부

수족관, 딸

투명 수족관 안에서
아이를 바라보는 옥돔은
주둥이는 뭉그러지고
구부러진 지느러미는 방향 잃은 듯
이리저리 부딪치는
그놈을

한 상 가득
얇고 투명하게
혀끝에 감기듯
식감 넘치게

아직 입 벌렁이고
살아 있으나 죽어 있는
죽음을 앞둔 유영의 물결은
유리벽에 알 수 없는 무늬를 새긴다

아버지를 바라보는 눈빛
눈물 가득한 딸
〉

창가엔 도저히 저물지 않을 듯
태양이 툭 떨어졌다
운명의 종말은 하늘에서 빛을 발하고
얼굴조차 기억 없는 수많은 당신들이
도로 위를 그렇게 걷고 있다

딸, 반지하 방

큰딸 방 구하러 서울 갔다가
무거운 발걸음으로 돌아왔다네

눅눅한 공기와 곰팡이 핀 벽
지하도 지상도 아닌
창밖으로 행인의 구두 밑창이 훤히 보이는
창문을 도저히 열 수 없는
딸의 방,

장마 땐 이불이 젖고
묵은 냄새가 나는 속옷

머리 위에 화장실을 이고
취객의 고함에 몸서리치는

빨래가 마르지 않아
겨울에도 선풍기를 돌리는

무게를 가슴에 이고

명치에 얹힌 돌을 달고 잠자리에 드는

아버지의 아버지도
어머니의 어머니도 그랬을까

그래도 해맑게 웃으며
"이 정도면 살 만해요"

그 말은 하지 말았으면
그 말은 하지 말았었으면.

딸아, 아빠도 슬펐단다

우리 집 둥지가 사다리차에 실려 내려올 때
세쌍둥이 딸들은 백일 갓난아이였지
거친 바람으로 흔들리는 사다리
깨지는 창문
세 딸은 동시에 울고
말없이 눈물 흘리는 아내

한없이 추락하는 날개 없는 나.
중심 없이 물결치는 파문으로
세상 밖 문 두드렸고
핏빛으로 부르튼 입술은
아무도 내 이름 부를 수 없었지

민중이라는 고통
민주주의라는 함정
자본이라는 유혹
민중예술의 갈망

바람에도 눈물 있을까

한없이 흔들리는 운명 앞에
세 딸의 작은 울음

딸아, 아빠도 슬펐단다
슬픔은 이슬과 같은 것
푸르른 날의 속삭임에 귀 기울여
겨울 칼바람 이겨내는 선율

흔들려도 흔들리지 않고
쓰러질 듯 쓰러지지 않는

딸아, 그땐 아빠도 슬펐단다

이사

딸 이삿짐을 묶으며

액자를 떼고
앨범을 챙기고
벽시계와 달력도 내렸다

맨발로 방을 치우다가
발바닥에 밟히는 흔적들
거미줄처럼 엉킨 가슴 아린 파편들

손때 묻은 어린아이 적 옷가지
머뭇거리는 손끝, 눈사위

짐 싣고 떠나는 트럭 소리
오랜 잠에서 깨어나듯
소리 요란하다

남기고 간 것
아비의 눈물.

어느 날의 일기

사라진 기억은
소멸이 아니다

그 안에서 숨쉬고 사랑하고 분노하고

짐승같이 그리움 토해내고
굶주림과 갈증으로 눈물 감춘 시간들

죽도록 사랑하고 미워하고 슬퍼했으니
휘몰아치듯 만나고 헤어지는
삶의 여정에서

청춘은 바람소리
파랑새는 날아갔으나

그 너머 세상에서 널 만날 수 있도록
내 안에 너를 묶어
바람으로 흩어지지 말지니

수선화 핀 언덕에
홀로 서 있지 말지니.

수학 선생의 사랑법

논리의 바다에 파도가 인다
개념의 배를 타고
수많은 항로에 오차 없이 닻 내리는
사랑의 여정

머리 속에 씨 뿌리고
가슴으로 거름 주며
심장으로 생명 풀어내는
사랑의 악보이다

무한대의 무한대
더하거나 곱하거나
미분을 수없이 반복해도
적분상수를 넘어서는
변하지 않는 초월함수의 세계

논리를 넘는 변주곡이다
사랑을 하고
사랑을 받고

멈추지 않는 정형이다

무한대의 극한으로 사랑하고
순환소수의 인생에 도전하며
시간 앞에서도 당당하게
천천히 교묘하게 비스듬히
혹은 냉철한 미학

사랑은 최소한의 기약분수
덧붙이거나 가감 없는
외로워 더욱 아름다운
당신의 사랑법

탁가네 국수가게

굵은 멸치 대가리를 떨구고 있는 탁 씨는
쌍 전봇대 아랫집 신용불량자이다

아침부터 국수 건조대에 젖은 소면을 걸고
국숫발이 마를 때까지
멸치 똥을 발라내는 일은
길고 가늘고 번잡하다

혼분식장려운동 기간에는
부러져 땅에 떨어진 국수는
그의 오래된 기억이다

다리 밑 무허가 집이나 창고 구석까지
그의 흔적들이 빼곡하게 배어 있는 골목마다
유년의 추억이 겹쳐 있다

순이도 옥이도 동네를 떠나고
두부공장 창수도 집을 팔고 떠난 거리에는
개들도 짖지 않는다
〉

담쟁이덩굴이 그리움을 옮기는

오늘 밤에는

잔치국수라도 한 사발 말아야겠다

이발사 박 氏

흑백사진을 이발소 가운데 걸어둔
이발사 박 氏는
매일 아침 액자를 닦는다

족두리를 쓴 색시의 칠보단장은 하얗게 바랬고
계급장 없는 군복 입은 신랑의 무표정은
세월의 흐릿한 기억처럼 푼푼하다

유일한 액자 속 아버지
자세히 보면 오똑한 콧날
굳게 다문 입술
오른쪽으로 치켜진 진한 눈썹은
박 氏를 닮았다

어머니는 박 氏를 엄하게 키웠고
제삿날 이불 속에서 소리 없이 우셨다
그날은 양철 집 처마 끝도 조금 조금씩 움직이고

비바람 폭풍우 몰아쳐

황톳물 안방으로 넘치던 날
어머니는 벽에 걸어둔 액자만 내려
내 품에 안기고 급하게
나를 뒷산으로 올라가라 소리쳤다

아직도 귓가에 들리는 황급한 목소리

"춘천 박氏 박건수를 꼭 찾아라"
"난리 끝나면 꼭 찾아올끼다"

"이 전쟁 끝나면 꼭 찾아올끼다"

상이군인 박 氏

새끼손가락 두 마디 없는 이발사 박 氏는
거울 아래 가위와 빗, 면도칼을 줄 맞춰 놓고
시계를 본다

포로수용소에서 이발 시다로 배운 서툰 기술로
칠십 해 상고머리 깎으며
살아온 세월

사단 병사보다 많은 군인 머리를 깎았고
고향 그리움을 가위 자르듯 잊었지만
자르고 잘라도 다시 자라는 서러움

손님 머리를 헹구고
거품 이겨 면도를 하고
검게 염색하는 일상

곧 돌아온다는 아버지의 기억은
오래전 다녀간 손님처럼 까마득하다
〉

늙은 병사가 어느 날
아버지를 만났냐는 인사말은
거울에 반사된 여러 개의 화면으로
확성기처럼 부딪쳐 속을 후볐지만
이내 고개를 돌렸다

저기 저 산 하늘 너머 마을 천도리
그 아래가 아버지의 고향이라지만
보고도 갈 수 없는
지금은 남의 땅

내일은 갈 수 있을까
아버지의 또 다른 내일은
나에게 오늘이 될 수 있을까

골담초를 옮기며

노랑나비 떼가 쏟아지던 날
나무를 옮긴다
뿌리는 식구만큼
실타래처럼 엉켜 있고
가시는 날 세워
내 기억을 지울 듯 힘을 쏜다

손톱 끝에 노란 피가 흐른다
꽃은 피를 쏟고
꽃은 나를 움켜쥐고
당신의 근원을 묻는다

부잣집 하루 일손 거들고
품삯으로 골담초를 양지 돌담 가에 심은 어머니
그날 밤 날 뱄다

골담초를 대문 옆으로 옮기다가
난 연거푸 가시에 찔렸다
가시는 깊이 박혀 얼굴을 들이민다
〉

어머니가 다시 피어나려나 보다

홍시 익어갈 무렵

마당 귀퉁이 감나무 뿌리에는
외할매 사랑 숨어 있지
외손주가 집 주변을 서성일 때
항아리에 침 담갔던 푸른 감 깎아
입에 넣어주고
얼른 등 다독여주었지

삼척읍 사직리 태고적 깊은 도랑을 지나
일제 적산가옥 긴 복도 끝 방에서
태어난 나는,

외가댁에 얹혀살았고
여동생은 외할매가 맡아 기르는 동안
얼굴을 잊었지.

홍시 익어갈 무렵 만난 낯선 여자아이는
외할머니 뒤만 따라다니고
바람피우는 아버지와
끈을 놓지 않는 어머니
〉

푸른 감은 떨어지고
감잎이 보라색으로 바뀔 때까지
마른 잎에는 숨 돋지 않았지

세월은 아무리 따져 물어도
참 야무지게 등 돌리고
달동네 여러 언덕집을 옮겨 다니는 동안
마당 귀퉁이 감나무는
그럼에도 불구하고 그 자리에 서 있었지

낯선 행인으로 소유가 뒤바뀐 날
감나무가 베어지고
도랑도 메꿔지고
빨간 딱지는 장롱마다 붙어
다시 짐을 쌓고

홍시 익어갈 무렵
다시 홍시는 열리지 않았지.

황톳집 도전기

황토 반죽을 두들기면
질척한 꽃 피어나고
색깔이 더욱 붉게 퍼진다

줄을 띄워 수평을 맞추면서
나는
아내를 생각한다

아침마다 인슐린 주사를 맞으며
고통을 미소로 전하는
그 사람

오늘도 퇴근 후 흙벽돌을 몇 장 쌓을 때면
어둠은 끈적이며 성큼 다가선다
한 소절 생략된 언어를 들어도
고개 끄덕이는.

구들장은 아직도 저만치서 날 보고 있는데
서툰 손놀림은 늘 외롭고

넋두리로 통나무 기둥을 둥둥 두드리는 나는

내일은 아궁이 부넘기 방고래를 거쳐
개자리까지 황토 다시 쳐대고
굴뚝 밑을 더 파헤쳐야지

아궁이에 불 피워
뜨끈한 군불로 아내를 데우고 싶다

화가 김시언

조카 김시언 그림에는
머리 큰 소녀가 등장한다
눈동자가 붉고 긴 코
머리를 땋은 아이

알 수 없는 시선은
마음을 읽은 듯한 표정으로
큰아비 얼굴 바라보고
바람 속으로 빠른 질문를
흘려보낸다.

세상을 돌릴 것 같은 굴레를 채색하고
그 주변에는 여러 색의 사람들이
모두 한곳을 바라보고 있다

내가 볼 수 없는
미지의 공간을 보고
태고적 원형을 그리는
조카 김시언
〉

해마는 원초적 몸짓으로
알 수 없는 징검다리 건너듯
범상치 않는 그림.

세상은 소녀의 그림을 이해할 수 없지만
벽을 넘는 그 너머에는
어른들이 다가갈 수 없는
그리운 영혼을 그리고 있다.

5부

무리함수

무리함수는 민주주의이다
근호 속 수는 음지로부터 보호되고
그 안에는 내일을 꿈꾸는
자연수가 숨 쉬고 있다

퇴색되거나 혹은 음해한 부호들을 차단하고
가슴 푹 꺼질 듯한 난해한 언어들은
과감하게 삭제되어
그 안에는 생명 가득하고
외적으로 아름다운 운율이 휘어져
아름다운 곡선으로 미끄러진다

무한한 대칭과 자유로움
무량대수를 향한 비상

낙하할 듯 힘겨운 세월을 이기려고
탄탄하게 힘주어 혹은 팽팽하게
터질 듯

무리함수는 엄중한 무게로
세상을 향해 두 팔을 벌리고 있다

동지여, 사랑이여!

네 이름을 부르지 않았지만
매일 밤 나를 잠재우는
너는,

네게 이름 붙인 적 없지만
어느 사이 익숙하게 몸 열고
안아주고 보듬어주는
너는,

긴 겨울 밤 동면에 빠져
몽환의 계절로 환생하는 동안
한 번도 나를 흔들지 않고
부드러운 속살 내 보이는
너는,

내가 흰 보자기 둘러쓴 유령에게 시달리고
고문의 가위눌림에 숨 막힐 때,
분홍 꽃무릇이 바래지도록 흐느끼던
너는,

너는, 너는.

황톳길 찬가

6월은,
저 깊은 골짜기에서 치밀듯 밀려와
갈라진 돌 틈에 부딪쳐
휘몰아 터진
슬픈 운율이다

그 소리는 잠잠하듯 흔들리고
흔들리듯 울먹이며
온몸에 스며들어
뼈마디에 눈물 뿌린다

길게 호흡하고
느리게 토해낸다

금남로 도로를 따라
함성 미치는 그날까지
함께 걷는 길이다

내 두개골이 함몰되도록 싸워

지금까지 살아낸 황톳길

꽃잎 뿌리며
다시 시작하는 침묵 위에
외로운 매 높이 날고

오! 동지여
함께 손잡고 나아가는 동행의 길이다

긴 밤 걸어 등 시린 새벽 맞이하는
가슴 여미는 길이다
눈물 흩날리며 걸어가는
붉은 꽃길이다.

그 아들

내 두개골을 내려 친
그 백골단 청년,

그 손끝에 하달된 명령은
누구 입술에서 뱉어져
청년의 눈과 귀를 틀어막고
내 두개골을 내려쳤을까

시각 청각 기억이 사라지도록
내려친 그 가슴에도
지금 꽃 피었을까

살아 있을까, 그 청년
그 아들에게 아빠의 무용담을
이야기할까

민주주의를 가르칠까

팔십 년 오월 구일,

그날 교정 정문에서 진압봉으로 내려쳐
산산이 깨진 내 두개골에서 터진 붉은 피
한강으로 흘러 흘러
붉은 꽃 피어나고 있는데

그 청년은 기억할까

내가 시각장애인 되어
거리에서 버둥거릴 때

당신은 어디 있을까
그 아들은 웃고 있을까

꽃 향기 맡고 있을까

기억상실의 환희

팔십 년 오월, 식물인간으로 있을 때
나는 참 편했지
머리부터 발끝까지 수많은 진통제 주사액이
내 몸에 침투하고
나는 서서히 부드러워지고 있었어

머릿속의 뇌를 잘라내
의식적인 부분을 없애고
판단력 상실한 무기력한 인간으로
그저 살아갈 만큼의 시야와
그만큼의 기억만 남기고
재생 불가능한 나로 새로 태어났지

수술은 대성공이라고
드디어 최초로 두개골 개복수술이 가능하다고
새로운 인생을 꿈꾸라고,

한 치의 어긋남 없이 뇌수술은
계획대로 잘 진행되었지
〉

어디서든 부르면 '네' 하고 달려가
고개를 꾸벅이고 웃음 날리는

헌데,
내가 기억 못 하는 그 아이가 자꾸
나를 노려보고 있는 것이 보여
굵은 검은색 안경을 쓴 곱슬머리

식물인간이고 싶어
다시 식물인간이고 싶어.

여자는 궁금하지

깃발 흔들고
구호와 함성이 하늘을 찌를 때도
널 생각해

화염에 휩싸여
도로를 횡단하여 피해갈 때도
널 생각해

쇠방망이가 내 머리를 내리쳐
함몰된 두개골이 내 눈앞에서
산산조각 날 때도
널 생각해

민주주의에 묻은 비릿한 피 내음
그 속에도 너의 오열이 묻어 있다고
나는 생각해

시간을 압축해
푸른 포르말린 병 속에 담궈

뚜껑을 닫고 바라보면
네 궁금증 풀릴까

너는 어디쯤 있을까?

누구, 사람 찾습니다

구겨진 내 몸이 하수구에 처박혀
함몰된 두개골에서 피 흘리며 쓰러져 갈 때
날 둘러업고 순천향병원 응급실로 옮긴
그 사람

팔십 년 오월, 한남동 네거리
시간은 내 이름을 지우며
의미 없는 방송만 흘러나올 때
교정을 가득 메운 학생들의 열기
울음 타오르는 봄날

청년 땀방울에 아스팔트는 끈적였고
고단한 세월 소리쳐 외치는 동지들의 함성은
이 땅에 남은 마지막 순결
깃발, 본능의 몸짓

그러나 사십 년 후
살아 있는 것이 죄스러워
소소한 일에도 뜻밖의 갈증으로

입술 색은 푸르게 피고 지고

비바람 몰아치던 날 정오
그 현장을 찾았을 때
'외부인 출입금지'라는 붉은 팻말

어디로 갈까, 주소 잃은 부랑아
벚꽃이 무더기로 떨어진 옛 교정 정문에서
아파트 경비원의 고함에 굳어버린
껍데기 유공자

구겨진 내 몸뚱이가 하수구에 처박혀
피 흘리며 쓰러져 갈 때

그대, 왜 날 응급실로 옮기셨나요.

능라도, 당신

그날
바람 한 점 없이
하늘도 숨 죽였으리라

오천 년의 동행과 칠십 년의 단절은
백두 천지를 먹물 삼아도
다 쓰지 못할 눈물의 대서사시이다

밀물같이 다가오는 이 거대한 염원을
어찌 막을 수 있으랴

능라의 태양도 분명히 보았고
수천의 눈동자에 맺힌 눈물을
그 누가 총과 칼로 다시 뭉갤 수 있으랴

다시금 그 길로 회귀하지 말기를
서로를 총질하며
저주의 주문 외우고
아이들에게 갈등과 분단을 가르치지 말기를
〉

눈물이 눈물 뿌리고
가슴 응어리에 맺힌 탄환의 흔적을
몸서리치며 치 떨리던 상흔을
다음 세대에게 대물림 말기를

흰머리독수리 부리 앞에서 가슴 졸이며
거짓 맹세에 고개 숙이지 말기를

서로가 서로에게 속이고 속는
역사의 진실에 끈 놓지 말기를

집현전의 사라진 구어조차도
눈물 뚝뚝 흘리며 통곡하거늘

아, 능라의 하늘이여
칠천만 동포들이여.

동물원

벌렁이는 숨통이
당신의 유희 앞에서
갈기갈기 찢어지고 해체되어
비릿한 속살 나뒹구는 창살

발가벗긴 틀 속에서
윤간당하는 인간 욕정의 산실

울음이 번지는 가을 하늘에
고향을 향한 간절한 소망이
애타게 불타오르는 곳

먼 훗날 내 아들의 아들이
딸의 딸이
표정 없는 눈길로 전시되어
살아내는 곳.

덫

오래된 추억은 덫이다
시간은 그물에 엉키어
시간은 저당 잡혀 있다

모든 것이 늙어 있다
길게 휜 집으로 가던 신작로는
곧은 길 되었지만
군중은 느린 걸음으로 홀로 귀가한다

방송은 하루 종일 혼자 떠들고
참 먼 곳에 보드라운 그녀가 있다

곤경에 처한 과거는 제거되고
남은 것은 껍데기
감당 못 할 무게에도 날개는 있다

복종은 덫이다

졸업장

위 사람은 품행이 방정치 않으며
학업성적이 불량하며
교사의 지시에 불순종적이며
획일적이지 않고
교칙에 반항함

정규시험에 불응시하거나
혹은,
답안지를 제출하지 않으며
문제를 제멋대로 고치거나 첨삭을 하고

주변에 관심이 많고
소란하며 수업을 방해하기도 하며
친구가 너무 많으며
특히 공동체 싸움에 강하고
창의적임.

이에,
졸업을 맞이하여 상장을 수여함.
〉

학교장

노

무

현

녹슨 도가니

슬픔도 태워버렸습니다

아픔도 또한 절망도 당신의 망막 앞에서
흔들리고 있습니다

흐릿하게 때로는 바람처럼 나부끼는
시야에 휘날리는 그 깃발들

손때 묻은 확성기와
찢긴 작업화 밑창에 박힌 분노와
동지들의 피맺히는 비명.
나부끼는 기억도 시야에서
흔들리고 있습니다

내일 서울로 가야 합니다
광화문에서 붉은 띠를 두르고
동지를 향해 살해 명령을 내린
그 독재를 향하여
다시 불 댕기러 갑니다
〉

작은 촛불들이 모여
얼마나 큰 풀무를 돌리는지
그 어느 때 그렇게 불타올라
터질 듯 목 놓아 부르던
가녀린 님들의 녹쓴 도가니의 불꽃

묵은 재 속에는
씨불이 아직 남아 있는 까닭입니다

택배 노동자 유 氏

총알보다 더 빠르게 뛰어야 하는 발걸음에는
숨 가쁜 호흡 속에
건너야 할 강이 있다

어깨 가득 들고 이고 오르는 언덕길
고령의 한계에 숨 턱밑까지 차오르지만
임대 차량 이자 날짜는
물량보다 더 빨리 다가온다

목요일 늦은 밤까지 배달하고
금요일 아침 입원
토요일 오전 11시 30분 사망.

인생 약력의 짧은 문장에 성에가 낀다
무거운 짐 지고 오르던 민들레 꽃길
머리에 소금꽃 하얗게 핀다

무게 위에 군림하는 무언의 침묵
이유 없이 발신자의 이름을 지우고

타인의 시간 속에 포함된 존재 없는 일상
계약자 이름에서 내 이름이 삭제되는 날
유 氏, 강을 건넌다

퇴직, 육 개월 前

섬으로 가고 싶다

사십여 년 동안 칠판 앞
무희는 출렁이고
물결처럼 밀려오는 시선 앞에
부딪치는 서툰 소음은
뼈만 앙상한 고목

섬에서 다시 섬으로 가고 싶다
긴 모래톱에서 말없이 동행한 발자국에게
말 걸고 싶다

여기까지 오는 동안
처음에는 혁명적 언어로
어둠을 퇴비처럼 소리쳤지만

내 영역 안으로의 정의역은 늘
범위를 벗어나 치역 밖에서
무한대의 값으로 압박하고
〉

수없이 미분을 반복해도
차수는 점점 고차식으로 승계되는
반복의 시간들

다시 섬으로 가고 싶다

그곳에서 겹겹이 쌓인 억겁을
하나씩 벗겨
당신 속의 청춘을 만나고 싶다

시월, 우는 고양이

동무들이 서초동 네거리로 출발했다는 소식은
수업 중 내 몸속에 음각되고 있다
분필 자꾸 뚝뚝 부러지고
나는 흔들리고,

무거운 발걸음으로 귀가해
이른 잠 청할 때
집 천장 위에서 요란한 굉음이 울린다
이 방에서 건넌방까지
한 떼로 몰려다니는 고양이 떼

서초동 가로등 밤새 울먹이는 시간
내 집 천장 위 고양이도 울고 있고
집이 통째로 움직이고 있다

꿈속까지 달려와 울부짖는
시월, 고양이의 밤

6부

천태산의 비밀

노랗게 익으려면
몸을 온전히 비우고
바람 소리를 읽어야 한다

지난여름 추억도 잊고
발끝에 힘 모아
외눈박이로 서서
지상의 모든 기운을 들이켜야 한다

햇살 갈무리하고
손끝 마디마디 잎새 한 올까지
저 깊은 곳 맑은 물 뿜어
노랗게 물든 그 거리를 준비하며
수관의 물을 덜어내야 한다

몸을 낮추고
갈증 허기 더딘 눈물
무념의 나라 그리워하며
〉

자신의 체액 다 덜어내면
서서히 달궈지고 노랗게 타오르는

스치는 바람결에 천년 세월 살아낸
천태산의 비밀이여
억겁의 삶이여.

67러 4640

여보게나
얼마나 오래 이 길 달려
모든 일이 옛 같지 않아
새것으로 바꾸고 갈아치우는 일이
순탄치 못해 또 한 해를 넘기고 있네

찢어지는 네 심장 소리를 들으며
도로 위에 몇 번씩 주저앉고 멈춰
숨찬 소리 헐떡이는 너
매몰차게 외면하던 밤을
기억하네

그리고 여기까지 왔네

눈비 내린 비탈길을 오를 때 어둠 찾아오고
터널에 갇힌 삼경
너를 버리고 떠났다네

그 후

네가 날 버렸다는 사실을 깨달은 것은
낡고 터진 발꿈치들이
내 집 낮은 지붕 위에 얹혀
눈 뜨고 있을 때
알아차렸다네

지금도 날 바라보는
부릅뜬 검은 두 눈동자

옥상 화실

단수 통지서가
옥상 물탱크 손잡이에 달려
겨울바람에 흔들린다

도시의 외딴 섬
엉킨 전깃줄로 소통하고
철문을 열면 바로 낭떠러지

빗소리보다 더 짙게 채색되고
사과를 그려도 배고픈 오늘

꽃을 그려도 향기 없고
도시의 진실 혹은 허무를 탐내는
침묵이 머무는 옥상 화실.

곰팡이 핀 낡은 벽지 여백에
청년은 그림을 그리고
바람 소리와 빗소리
허기와 밀린 방세도

붉은색이다

바람이 불어오는 곳에는
잊힌 얼굴 떠오르고
별빛 눈사위 시리다

벽 위 실핏줄 같은 상형문자가
옥탑방 낡은 형광등 아래 갈라지다가
집으로 돌아가는 길 위에
하얗게 부서진다

덫, 편지

시간은 그물에 엉키듯
나를 묶고 있다

모든 것이 진화하듯
집으로 가는 비포장 길은
대로가 되었지만

오랫동안
느린 걸음으로 홀로 귀가한다

갈 수 없는 길 위에서
라디오는 종일 혼자 떠들고
참 먼 곳에 보드라운 그대가 있다

침묵에 쌓인 과거는 점차 흩어지고
남은 것은 껍질
무게에도 날개 돋을까

복종은 덫이다

가까이 좁혀오는 올무이다

집은 점점 멀어지고
주소 없는추억이 켜켜이 생각날 때
알 수 없는 언어로
밤새 편지를 쓰는 나

'윤동주'라는 그 이름

1917년 만주 북간도 명동촌
아명은 해환海煥
'해처럼 빛나라'는 아버지의 바램은
명동촌 곳곳에 흔적으로 남아 있다

이등박문을 저격한 안중근의 총소리.
민주주의를 위해 몸을 던진 문익환 목사.
그 숨결은 명동촌 거리에 살아 있어
일본을 왈본이라 부르며 조롱하고
일본 순사의 멱살을 잡아 흔들며
숭실학교를 자퇴했던 그대.

조선총독부의 교련 수업과 학도병을 거부하며
대학을 옮겨가며 일제에 저항했던 그대.

후쿠오카 형무소 창살은 그대의 의지를 꺾지 못했고
옥중에서도 조국의 독립을 위해 시를 쓰며
애절한 심정으로 하늘을 우러르던 그대.

일제는 혈액생리식염수 대체용액을 주사하며
실험 도구로 사용했던 마루타의 삶.
〉

해방을 6개월 남겨두고 요절 전 마지막 남긴 말
아. 대한 독립이여…

그대 이름에는 흠뻑 젖은 고뇌의 피가 흐르고
심장 터질 듯 포효하는 청년의 눈물 보인다

그대 이름을 부를 때마다
별은 빛나고 바람은 불어
새벽이 올 때까지 하늘은
쉬이 문을 열지 못한다

동주. 그 이름이여
그대의 간절한 소망이여
밤마다 어둠 속에서 별을 헤매며
'흰 봉투에 눈송이를 넣어
누나에게 편지를 부치고 싶다'던 그대여

그대 앞에서 그 이름을 다시 불러본다
조선인 윤 동 주.

구리거울

이 세상에서 누가 제일 예쁘냐
연거푸 물으며 출근 서두르는

승합차 뒷좌석에 구겨 앉아
차례로 승차하는 모습은
구리거울에 반대로 찍혀
루즈를 칠하고
속눈썹을 붙이는

넥타이를 만지고
머릿기름을 바르는
비대칭의 일상

노선버스는 길 가운데 멈춰서
경적을 울리는데
거울 속 군상은 거울 밖 여자에게
여자는 남자에게

턱 끝으로 묻고
눈빛으로 묻고
버스는 흔들리고.

발의 숨소리

나막신 신어봤니?

마루 밑에서 잠자던 그 깊은 속살에
내 작은 발 들이밀고
더듬거리던 시간

나막신에 풍덩 빠져버린
걸을 수 없어 끌고 다닐 수도 없던
목선을 닮은 무거운 시간은
퇴화한 지느러미

비 그친 후,
걸어온 흔적들이 봉당으로 향하던 날
발가락 사이로 비집고 올라오던 상형문자
언어는 발의 숨소리

지문을 찍듯
소리 없이 찾아든 저녁 같은 흔적

발갛게 물든 발바닥이 쓴 글
해석할 수 있어?

나무에게 나무가

나무가 내 마당까지 걸어오는 동안
그 눈물들을 기억할까

산불로 꺾어지고 부서지는 모습에서
한꺼번에 울부짖던

가지가 잎에게
잎이 가지에게
마지막으로 뿌리를 향해 떨어지던
그 함성

인간의 음표로는 도저히 표시할 수 없는
그 소리에는 어떤 영혼들이 잠들어 있을까

검게 타버린 그루터기에 남아있는
숲의 이야기에는
유칼립투스 가지 위에서 잠자던
코알라의 꿈도 사라지고
〉

사랑도 번식도 본능도 불타버린 그 안에서
나무는 움직이기 시작한다

나무가 내게로 걸어오는 동안
내 창가에는 노랑나비 한 쌍
떨어질 듯 춤추고

오늘 밤
별빛도 검게 물들었을까.

손맛 낚시터 1

하룻밤 사용료 만원
생수 담요 제공합니다

살아있는 육감을 충분히 즐길 수 있습니다
오감을 자극하는 짜릿한 느낌
입질 올 때 황홀경으로 빠져들고
붕어 마릿수 제한 없습니다

집어제를 던지고
천천히 유혹하세요

힘센 놈을 천천히
댕겼다 풀었다 즐기면서
밤 깊을수록 어신은 반복되고

외국에서 수입한 어종은 더 힘써
그놈하고 밤새 씨름할 수 있습니다

그러나

잡은 후 반드시 살려줘야 합니다
혹여 살피다 사망하면
당신은 재물 손괴죄로 구속됩니다

손맛 낚시터 2

입 언저리가 허옇게 해져 있었다
약한 입질 몇 번에 잡힌 늙은 붕어는
힘없이 꼬리지느러미를 몇 번 흔들더니

주둥이에는 줄 끊어진 바늘 한 개 꽂혀 있고
내 바늘은 아가미를 뚫고 있다

방생 순간 입을 벌름 내밀고
뭔가 한 마디 던지고
물속으로 사라졌다

귀가 길, 춘천역 근처 사창가 옆을 지날 때
붕어가 생각났다
그 주둥이의 상처와 누이들
누이들과 손맛 낚시터의 붕어 떼

붉은 창가에 비친 지느러미와 행인
낚시꾼과 물속 누이들의 유형
〉

도시가 점차 어두워지고
내 어설픈 지느러미는 포구를 향해
길을 나서고 있다

내 마음의 빗질

소나기 내리는 겨울밤
마음은 가닥가닥 풀 묻은 듯 엉켜
빗질해도
살아온 시간만큼
한 올 한 올 구겨버린

반백 머리
빗질한다고 검게 될까

회한의 시간 가르마 타고 손질하여
거울 앞에 서면
살아낼 시간은
사금파리 파편 속에 재생하는
무심한 눈길

마음, 눈물에 씻어 밤하늘 띄우면
별에도 촘촘히 물결 일어
가지런히 숨죽이는 꽃 같은 시간
〉

지금 본 것은
수천 빗질에도 쓸리지 않는
잃어버린 흐린 세월

마침내 깊은 장롱 참빗으로
동백기름 바르고
환한 미소로
내 마음 빗질하고픈

초겨울 밤

눈물, 늙은 나무

가지마다 사연이 있다

나이테는 세월의 바람을
켜켜이 악보로 새겨놓고
토루소의 형상을 기억하며
아픔에 눈뜨고 있다

팔을 잘라서 조형미를
다리 잘라 당신을 흡족하게
머리, 생각 잊어야지

발가락은 다만 허상일 뿐
손가락으로 썼던 허공의 서명은
한낮 가지에 매달린 낮달

바람은 내 이야기에 고개를 일렁이며
흘리는 눈물

잎들은 다하지 못한 사연

하나 둘 떨구고
쓸려가던 날 저녁
숨결 고운 새 한 마리
내 가슴에 집을 짓고
또 길게 운다

누군가 말을 걸어오고 있다

내 집 마당에 나무 한 그루 심었지

나무가 먼저 말을 걸었지
겁에 질려 소리쳐 흔들고

내 영토에 요란한 경적소리로
불법 삽질 시작할 때
바람도 그 소릴 듣고
새들도 꽃들도 마당에 모여
소리없이 낮게 울먹였지

나무가 다시 말하기 시작했어
낙엽으로 우수수 항거하고
떨어진 잎들은 한곳으로 모여
거친 숨 몰아쉬며
붉은 문신 새겼지

이유 없이 팔 자르고
가슴에 낫질해대는 당신을 향해
젖은 눈물로 이름 불렀지
〉

뿌리의 절망은 하늘을 향해
처연한 초록으로 더욱 깊어지고
눈물을 통과한 선명한 현실 앞에
광학적인 몸짓을 내보이고
가랑이 벌리며
오체투지를 하고 있었지

집 마당이 도로에 밀려 뒤엎어질 때
나는 나무를 심었지

나무는 누대에 걸친 식구들의 이름을
나뭇잎에 새기고
하늘 향해 찬란한 구원을
손짓하고 있었지

2021 팬데믹 바이러스

요즘 선을 넘어오는 넌 누구인가
요술 선녀 닮은 노랑머리와
요요 선전 같은 무리들
요선 선술 골목으로 올라가는 넌
요망한 선전포고 도전장을 벽에 붙이고
요절한 선량한 민중에게
요구한 무자비한 침탈

어지러운 두려움 다가오고
어두운 상점 앞에 긴 줄 선 민중들
어디로 갈까
어수룩한 도시에 깔리는 무거운 그림자
어머니의 어머니의 태중에
어떤 요사한 핏줄 스며들어
어리둥절 쓰러지는

묵은 재 속에서 '씨불'을 꺼내 드는 마음

박완호(시인)

시인은 누구나 '나는 왜 시를 쓰는가, 써야만 하는가?' 하는 물음을 안고 살아간다. 저 자신을 향해 끊임없이 그러한 질문을 던지며 살아가는 가운데 누군가는 언제나 똑같은 답을 얻어내려 애쓰기도 하고, 누군가는 그때그때 달라지는 답의 뿌리를 찾아 자기 삶의 모든 순간 속에서 가치 있는 의미를 건져내려고도 한다. 어떤 경우이건 삶 속에서 매 순간 마주치는 존재들을 통해 느끼고 깨닫게 되는 무언가를 시의 언어를 통해 풀어내려는 행위가 뒤따르지 않는다면 그는 이미 시인에게서 멀어져 있다는 사실을 간과해서는 안 된다. 당연한 말이지만 시인은 언제 어디서든 계속해서 자신만의 시를 써나가는 존재이기 때문이다.

김홍주의 신작 시집 『내 마음의 빗질』의 바탕에는 깊고도 농도 짙은 인간애가 폭넓게 깔려 있다. 다양한 주제 의식과 상당한 시차를 내포한 그의 시들은 특정한 시간이나 장소에 구애받지 않고 순간순간 눈(마음)에 각별하게 와닿은 시적 대상과 마주치는 자리에서 태어나며, 솔직담백하면서도 깊이 있는 자아 성찰을 통해 남다른 진정성을 획득하고 있다. 여섯 부로 나뉜 작품들은 저마다 다른 주제 의식 및 성격을 지녔으면서도 크고 작은 맥락에 의해 서로 긴밀하게 연결되어 있으며, 과거와 현재를 자유롭게 오가는 시적 상상력을 통해 매력 있게 형상화되어 나타나고 있다.

소나기 내리는 겨울밤
마음은 가닥가닥 풀 묻은 듯 엉켜
빗질해도
살아온 시간만큼
한 올 한 올 구겨버린

반백 머리
빗질한다고 검게 될까

회한의 시간 가르마 타고 손질하여

거울 앞에 서면
살아낼 시간은
사금파리 파편 속에 재생하는
무심한 눈길

마음, 눈물에 씻어 밤하늘 띄우면
별에도 촘촘히 물결 일어
가지런히 숨죽이는 꽃 같은 시간

지금 본 것은
수천 빗질에도 쏠리지 않는
잃어버린 흐린 세월

마침내 깊은 장롱 참빗으로
동백기름 바르고
환한 미소로
내 마음 빗질하고픈

초겨울 밤
―「내 마음의 빗질」 전문

표제작이기도 한 「내 마음의 빗질」은 반백의 세월을 건너온 중년의 시인이 지닌 삶의 회한과 깨달음을 고스란히 담아내고 있다. 자신이 지금껏 '살아온 시간-회한의 시간'이 그대로 묻어난 '반백 머리'는 아무리 빗질을 해봐야 다시 검어지지 않으리란 것을 깨달은 그는 이제 회한을 넘어 앞으로 '살아낼 시간'을 생각하는 지점에 이르러 있는 것이다. "사금파리 파편 속에 재생하는 / 무심한 눈길" 속에는 "수천 빗질에도 쓸리지 않는 / 잃어버린 흐린 세월"을 건너 지금은 "환한 미소로 / 내 마음 빗질하고픈" 화자의 성찰과 깨달음이 진지하게 묻어나 있다. 그러한 자아 성찰의 태도는 "세월의 바람을 / 켜켜이 악보에 새겨놓고 / 토루소의 형상을 기억하며 / 아픔에 눈"(「눈물, 늙은 나무」)뜨는 고통의 과정을 겪고 난 후에야 비로소 가능해지는 것이며, 깊은 상처의 기억을 딛고 일어서 "숨결 고운 새 한 마리 / 내 가슴에 집을 짓고 / 또 길게" 우는 저녁의 시간에 당도한 이에게만 주어지는 뜻깊은 결실이다. 「눈물, 늙은 나무」의 "(잎들이) 다하지 못한 사연 / 하나 둘 떨구고 / 쓸려가"는 저녁은 「내 마음의 빗질」의 화자가 "회한의 시간 가르마 타고 손질하여"선 '거울 앞'과 마찬가지로 자신의 지금껏 지나온 삶을 돌이키며 성찰하는 어떤 지점이다.

춘천에 가면 묶어둔 시간이 있다

비밀의 곳간
큰 나무 구멍에 고리를 끼워
고정하는 굵은 빗장

그 문을 열면
젊은 날 초상 눈부셔
청춘의 방황 가득하다

전면에 그려지는 그림의 여백은
절반을 넘어 귀퉁이에 조금 남아 있고
물 스밀 듯
조금씩 채색되고 있다

화관을 쓴 여인과 세 송이 붉은 꽃
휘어진 기찻길 옆 낡은 목조 단층집에
연기 피어오르고
창가 불빛 새어 나오는 그림 위로
그리움 배달하는 부리 큰 새 한 마리
꽃을 물고 있다

春川 곳간 앞에 서면
일렁이며 되살아나는 그대

삶에 힘겨워 쓰러져 갈 때
입술 대면
화사하게 피어나
나이만큼 더 깊어지는
다시 만날 수 있는 이야기 속의 그대.
— 「春川이라는 곳간」 전문

　이번 시집의 뼈대를 이루는 중요한 시적 공간 가운데 하나인 '춘천'은 시인에게 있어 과거의 기억과 현재의 삶을 아우르는 특별한 곳이다. '굵은 빗장'이 채워진 "비밀의 곳간" 깊숙이 "묶어둔 시간" 속 '눈부시던 젊은 날 초상, 청춘의 방황'을 함께한 '그대'는 지금도 "춘천 곳간 앞에 서면 / 일렁이며 되살아나는" 그리운 누군가이며, "삶에 힘겨워 쓰러져 갈 때"면 "화사하게 피어나 / 나이만큼 더 깊어지는" 삶의 위안이 되어주는 특별한 존재이다. 「푼푼 春川」에 나오는 표현처럼 "그리운 사람 손잡고 걷는 골목길"을 황금길로 채색하는 가지에서 떨어지는 금빛 잎새 속에는 "아름다운 만큼 슬픈 원형"이 담긴 "내면의 사연"이 깃들어 있으며, 젊은 날의 방황에 내포된 슬픔과 아름다움은 "다시 만날 수 있는 이야기 속의 그대"와 더불어 춘천이라는 공간 속에서 끊임없이 재생되며 두고두고 "가득 담아도

늘 푼푼한" 행복감을 선사해주는 것이다.

　나에겐 복을 주지 마옵소서

　안개 낀 도시 새벽 창 붉은빛을 보면서
　느끼하고 추한 생각이 먼저 떠오르는 새벽,

　나에겐 복을 주지 마옵소서

　젊은 남녀가 이슬을 맞고 걸어가는 장면을
　노동 후 귀가 길이나
　낭만 혹은 외로움이 아닌
　더 음험한 생각 떠오르는,

　나에겐 복을 주지 마옵소서

　노인이 리어카를 세워두고 모퉁이에서
　찌든 꽁초를 태우고 있는 순간,
　눈 맞추기를 거부하는
　긍휼 사라진 나에게

　아,

나에겐 복 주지 마옵소서
— 「새벽기도」 전문

마침내 다시 사랑이었습니다

첫 만남의 설레임도
바라보는 것만으로도 울렁이는 그때
손끝만 스쳐도
심장 멈출 것 같았던 그날
청년은 맑은 눈빛으로 웃어주었습니다

삼십사 년의 동행은
미동 없이 잔잔했지만
그 물속, 당신의 물갈퀴는
쉼 없이 혼신의 힘으로
부력을 만들어 세우고 있었습니다

온몸으로 기름을 만들고
부리에 양식을 물어 아이를 키우고
가시나무 새가 되었습니다

새벽 눈물과 기도

148

무릎과 오랜 기다림
갈라지는 듯한 심장의 고통

다시 날개를 펴 그리움을 엮어
둥지를 만들고
내 깃털로 당신의 보금자리를
만들고 싶습니다

마침내 다시 사랑이었습니다.
　─「사랑한다는 말」 전문

　시집의 3부와 1부에 배치된 작품들은 각각 진솔한 신앙
고백의 언어와 영성의 뿌리를 찾아 나선 여행자의 노래로
변별될 만한 주제를 다루고 있으면서도 양쪽 모두 깊이
있는 정신(영성)적 울림을 띤다는 점에서는 거리감이 크
게 느껴지지 않는다. 정작 중요한 것은, 어딘가로 멀리 떠
나가 있거나 저 너머의 세계 쪽으로 고개를 돌리는 순간
에도 화자의 시선이 여전히 자신과 이웃들이 발 딛고 살
아가는 '이곳'에 머물고 있다는 사실이다. 피안의 세계에
가 닿고자 하는 소망과 더불어 우리가 살아가는 이 세상
을 더 나은 방향으로 이끌어가고자 하는 태도를 지닌 화
자의 종교적 믿음은 자신이 살아가는 세상에서의 철저한

자기반성 및 성찰을 통해 적극적인 형태로 표출된다. "슬픔이 밥이 되고 / 외로움이 삶이 되는 / 내 속의 시간"(「13월의 금요일」)을 살아내는 대신 "느끼하고 추한 생각이 먼저 떠오르는", "낭만 혹은 외로움이 아닌 / 더 음험한 생각이 떠오르는", "긍휼 사라진" 그런 "나에겐 복을 주지 마옵소서"(「새벽기도」)라는 반성 섞인 목소리에는 화자가 추구하는 삶의 가치가 담긴 내밀한 신앙고백이 역설적으로 강조되어 들려오는 것이다. 자신이 추구하는 대로 살아가지 못하는 삶을 부끄러운 심정으로 돌아보며 그런 '나'를 치열하게 반성하는 한편, "다시 날개를 펴 그리움을 엮어 / 둥지를 만들고 / 내 깃털로 당신의 보금자리를 / 만들고 싶"(「사랑한다는 말」)어하는 꿈을 꾸기 시작하는 것이야말로 진정한 '자유인의 영혼'을 지닌 시인이 궁극적으로 추구하는 삶의 가치일 것이다.

그곳으로 가고 싶다

그곳에서 느린 인도 카탁 춤 추고 싶다.

긴 침묵이 생존하고
흐름이 잠시 멈춰
나를 둘러보는 곳

나를 태우고도
다시 나를 찾는 곳에서
당신을 만나고 싶다

고백하고 싶다

뿌자를 태우는 연기 속으로
허상의 세계로 떠나는 지난한 영혼들을 위해
긴 기도를 하고 싶다

삶의 언저리에서 기웃거리는 삶을
온전히 당신을 위해 태워
사랑의 불꽃으로 불 밝히고 싶다
당신의 신들메로 나를 묶고

그대 곁에서
당신으로 다시 태어나고 싶다
　　　　　　　　—「바라나시 가트에서」 전문

　여행자의 노래라고 불러도 될 만한 1부의 작품들은 타
국을 여행하는 도중에 마주치는 이국의 다양한 음식을 모티프로 "인도에 조선의 식감 살아 있다"라는 표현이 가리키듯 '바깥에서 안의 것이 지닌 의미를 찾아내는' 형태로 펼쳐지고 있다. '로띠'에게서 "장날 시장 어귀 가냘픈 쌀과자 한 닢"을 떠올리고, 인도의 '난'에게서 어릴 적 엄마가 만들어주던 '빈대떡'을 기억해내는 화자에게 있어 '바깥 세계'에서 마주치는 온갖 것들은 '안쪽 세계'가 지닌 어떤 의미를 환기하도록 하는 매개이며, 가던 걸음을 '잠시 멈춰 나를 둘러보며' "나를 태우고도 / 다시 나를 찾는 곳에서 / 당신을 만나고" 싶은 기도를 일깨워주는 존재들이다. 그것은 "삶의 언저리에서 기웃거리는 삶을 / 온전히 당신을 위해 태워 / 당신의 불꽃으로 불 밝히고"자 하는 신앙인의 자세에서 비롯되는 것으로, "당신의 신들메로 나를 묶고" "그대 곁에서 / 당신으로 다시 태어나고 싶다"와 같이 화자의 눈길이 가닿는 마음 끝자락에 언제까지라도 서 있을 '당신'과 이곳의 '나'가 분리되지 않는 사랑(믿음)의 결합으로 독특하게 형상화되어 나타난다.

6월은,
저 깊은 골짜기에서 치밀듯 밀려와
갈라진 돌 틈에 부딪혀
휘몰아 터진
슬픈 운율이다

그 소리는 잠잠하듯 흔들리고
흔들리듯 울먹이며
온몸에 스며들어
뼈마디에 눈물 뿌린다

길게 호흡하고
느리게 토해낸다

금남로 도로를 따라
함성 미치는 그날까지
함께 걷는 길이다

내 두개골이 함몰되도록 싸워
지금까지 살아낸 황톳길

꽃잎 뿌리며
다시 시작하는 침묵 위에
외로운 매 높이 날고

오! 동지여
함께 손잡고 나아가는 동행의 길이다

긴 밤 걸어 등 시린 새벽 맞이하는
가슴 여미는 길이다
눈물 흩날리며 걸어가는
붉은 꽃길이다.
— 「황톳길 찬가」 전문

네 이름을 부르지 않았지만
매일 밤 나를 잠재우는
너는,

네게 이름 붙인 적 없지만
어느 사이 익숙하게 몸 열고
안아주고 보듬어주는
너는,

긴 겨울 밤 동면에 빠져
몽환의 계절로 환생하는 동안
한 번도 나를 흔들지 않고
부드러운 속살 내 보이는
너는,

내가 흰 보자기 둘러쓴 유령에게 시달리고

고문의 가위눌림에 숨 막힐 때,

분홍 꽃무릇이 바래지도록 흐느끼던

너는,

너는, 너는.

— 「동지여, 사랑이여!」 전문

『내 마음의 빗질』에 실린 여러 시 중에서도 5부에 수록된 「황톳길 찬가」를 비롯한 몇몇 작품은 남다른 문학적 성취를 드러내며 독자의 눈길을 강하게 끌어당긴다. 1980년대의 광주와 유월 항쟁의 오래된 기억을 되살려내는 「황톳길 찬가」를 통해 화자는 수십 년 전 겪었던 고통스러운 체험을 다시 끄집어내면서 그 시절 우리가 안고 있던 수많은 모순과 문제점들이 아직 완전히 사라지지 않고 있음을 다시금 확인시켜준다. 지난날 "두개골이 함몰되도록 싸워"야만 했던 부정적 현실에서의 뼈저린 기억과 짙은 서정적 울림이 잘 어우러진 "갈라진 돌 틈에 부딪혀 / 휘몰아 터진 / 슬픈 운율"같은 표현을 통해 시인은 익숙하게 다가오면서도 진부하게 느껴지지 않는 화자의 목소리를 들려주는 한편, 오래되었으나 아직 진행 중인 우리 현실의 본질을 아프게 일깨워준다. 그러면서 오래전 그 길을 함께 걸었던 그리운 '동지'를 떠올리며 지금도 여전히 "긴 밤 등 시린 새벽 맞이하는 / 가슴 여미는" "붉은 꽃길"을 함께 "눈물 흩날리며 걸어가"리라 스스로 다짐하는 것이다. "흰 보자기 둘러쓴 유령에게 시달리고 / 고문의 가위눌림에 숨 막힐 때 / 분홍 꽃무릇이 바래지도록 흐느끼던"에서 보여주듯 삶의 고통과 시련을 함께 나눌 뿐만 아니라 '익숙하게 몸 열어' '나'를 안아주고 보듬어주는 사랑의 실체이기도 한 '동지'는 그의 시가 지닌 폭넓은 인간애의 바탕을 이루는 특별한 존재로 그려지고 있다.

슬픔도 태워버렸습니다

아픔도 또한 절망도 당신의 망막 앞에서
흔들리고 있습니다

흐릿하게 때로는 바람처럼 나부끼는
시야에 휘날리는 그 깃발들

손때 묻은 확성기와
찢긴 작업화 밑창에 박힌 분노와
동지들의 피맺히는 비명.
나부끼는 기억도 시야에서
흔들리고 있습니다

내일 서울로 가야 합니다
광화문에서 붉은 띠를 두르고
동지를 향해 살해 명령을 내린
그 독재를 향하여
다시 불 댕기러 갑니다

작은 촛불들이 모여
얼마나 큰 풀무를 돌리는지
그 어느 때 그렇게 불타올라
터질 듯 목 놓아 부르던
가녀린 님들의 녹쓴 도가니의 불꽃

묵은 재 속에는
씨불이 아직 남아 있는 까닭입니다
— 「녹슨 도가니」 전문

　거울에 비친 자아의 모습을 통해 지나온 시간에 대한
회한을 느끼면서도 앞으로 살아갈 날을 생각하는 반백의
시인은 과거와 크게 달라지지 않은 오늘날의 어두운 현실
속에서 '아픔과 절망'으로 "흐릿하게 때로는 바람처럼 나
부끼는 / 시야에 휘날리는 그 깃발들"을 바라본다. 그리

고 내일은 "광화문에서 붉은 띠를 두르고" "다시 불 댕기러" 서울로 가야 한다고 마음먹는다. 수십 년 세월이 흘렀어도 이곳은 아직 '작은 촛불들이 모여 큰 풀무를 돌려야 하는' 모순 가득한 세상이기 때문이다. 누군가의 말마따나 오래된 것은 결코 낡은 것이 아니다. 낡아지지 않는 시대정신을 담은 김홍주의 시는 "터질 듯 목 놓아 부르던 / 가녀린 님들의 녹슨 도가니의 불꽃"을 떠올리며 '묵은 재' 속에 남아 있는 '씨불'을 꺼내 드는 이의 마음에서 우러나오는, 늘 깨어 있고자 하는 정신을 지닌 한 시인의 울림 가득한 서정의 언어를 잘 담아내고 있다.

내 마음의 빗질

1판 1쇄 발행	2021년 12월 15일
지은이	김홍주
발행인	윤미소
발행처	(주)달아실출판사
책임편집	박제영
디자인	전형근
마케팅	배상휘
법률자문	김용진
주소	강원도 춘천시 춘천로 257, 2층
전화	033-241-7661
팩스	033-241-7662
이메일	dalasilmoongo@naver.com
출판등록	2016년 12월 30일 제494호

ⓒ 김홍주, 2021
ISBN : 979-11-91668-27-8 03810

* 잘못된 책은 구입한 곳에서 바꿔드립니다.
* 책값은 뒤표지에 표시되어 있습니다.
* 이 책은 강원문화재단의 후원으로 발간되었습니다.